가슴에 늘 시를 심습니다.
떠나 보내기 싫은 내 삶의 이야기
구수한 세상 이야기
잠시 이곳에서 시 한편
마음에 담아 가세요.

서빈 박군자 子君

박군자 두 번째 시집

운탄고도

맑은샘

바람도 가끔 다리 펴고
나무 위에서 쉬고 싶어 한다.

내 삶 속에 공허한 마음을 채우고
내 영혼을 치유할 수 있는
운탄고도를 걷는다.

그 옛길 위에서
찾고 싶었던 지난 탄광촌의 자취
광부의 숨결을 느껴보며
운탄고도 하늘길을 걷는다.

2024년 5월
운탄고도를 걸으며
박군자

차 례

1부

운탄고도

운탄고도, 무연탄을 나르던 그 길
지금은 휴식하는 아버지의 품
바람 따라 떠도는 나그네 발걸음 위로하고
생명을 담보했던 탄광 사람들의
혼령이 머물고 있는 길

햇살이 노란 꽃을 비추고
오색의 단풍과
설경들이 한 폭의 그림처럼 수놓고
내 마음까지 따뜻하게 녹이며
산새들의 노랫소리가 살아 있는 길

운탄고도, 생명의 숨소리가 들리는 길
한 손에는 삶, 한 손에는 희망
광부들의 꿈을 지켜주던 길 위에 서서
힘든 순간을 털며 걷고 싶네.

차가운 도시의 번잡함을 떠나
자유롭게 희망을 펼치던 길
드넓게 열려진 하늘은
무한한 날개짓을 꿈꾸게 하고
어디론가 향하던 나그네의 발걸음
운탄고도 위에서 삶의 무게를 풀며
한 걸음 한 걸음 내디딜 때마다
탄광촌 사람들의 깊은 숨결을 느끼는 길

죽서루에 서서

두타산 정상 우뚝 서면
시간을 초월한 미로가 마음속에 펼쳐진다.

한 줄기 빛이 끝없이 살아나서
대지에 선명한 그림자를 그린 누각

국보로 승격된 삼척 죽서루
오랜 이야기 담아내는 바람 소리 듣는다.

두타산을 향해 포효하는 노을처럼
눈 속에도 술렁이는 이사부의 목소리

마음이 수그러들고 편안해지는 누각
바람이 오가라고 뚫려 있는 공간을 통해

바람 스치는 소리가 들리고
눈을 감고 듣는 천은사 풍경소리

국보 죽서루, 이름만 들어도
가슴에 함께 하는 자긍심
내 태생이 자랑스런 곳, 삼척

삼척 이야기

삼척이 좋아라.
죽서루 누각 바닥에 앉아
오십천 흐르는 푸른 물줄기
절벽을 바라보며
한줄기 시를 읊어 나가는
옛 선비들의 모습이 눈에 선한 곳

선비들의 고풍스런 모습
가끔 아름다운 풍경에 매혹되어
틀 없는 액자 속에 담아 놓았던 누각

삼척이 좋아라.
오묘한 빛깔의 바다 세계 삼척항
꼬물거리며 물고기들
저마다 꿈을 꾸고
그 속에서 희망이 부푸는 곳

응장함 속에 두타산
운무가 흐를 때면
산신령이 내려와 삼척을 품고
그 이야기 속에 힘과 사랑이 있는
그런 삼척이 좋아라.

낡은 초가집

장작 타는
아버지 냄새가 그리워
어릴 적 나의 초가집으로
발길을 옮겼네.

금방이라도 쓰러질 듯한 빈집에
홀로 외로이
하루해를 맞이하고 보내는 일을 반복하며
아버지를 기다리고 있네.

허리가 굽은 채
흙 속을 파고들며 기대고 서서
세월과 함께
나이 먹어가는 소나무 한 그루

가만히 마루에 앉아
눈을 감아보니
어머니의 송진 향과
아버지의 장작 냄새가 어우러져
사랑을 그리며
낡은 초가집을 지키고 있네.

그 자리

어지러운 세상
탈을 벗고 찾은 한적한 시골 마을
매일 듣던 쨍쨍거리는 소음들은
허공 속에 모두 날려버리고
자연과 손을 잡았다.
불어오는 바람 소리
짙은 고향의 향수를 맡으면
엄마의 젖가슴 같은 들판에 누워
세상을 잊으려 한다.
살아온 가시밭길
시퍼런 자국들이 좀 벌레처럼 내 몸을 갉아 먹고
생각마저도 마비시키는 시간
새살을 붙여 달라는
내 손아귀는 흙을 파고
내 눈물은 대지 위에 생명을 만든다.

고향의 향기 속에 다시 태어나
희망이라는 단어를 마음속에 품고
수십 갈래의 마음을
하나로 묶어 긴 광명의 빛을 만들어
서서히 지는 해를 등지고
떠나온 그 자리에 내가 서 있다.

내 안에 서 있는 당신

처음 내 눈빛에 스며들어

사랑을 그리던 당신

내 마음 가득 채워

기쁨을 선물해 준 사랑

전생에 우린 잉꼬로 살다가

누군가 질투로 세상을 등졌나 봅니다.

그 사랑 한이 되어

이승에 다시 만나

내 마음의 호수 같은 미소 안고 들어와

이 세상의 낙원을

두 손 잡고 가려 하나 봅니다.

품에 안기어 있을 때면

더욱 마음속에 넣고 싶은 사람

내 삶에 평생

당신만을 사랑하며

세상 먼 뒤안길에서도

우리 둘의 사랑 이야기하고 싶네요.

외롭고 험한 길이지만

아름다운 추억만을 엮어서

하얀 모시옷 입고 이 세상 떠날 때
"참 행복한 부부였어.
아마 떨어지지 않은 별이 될 거야"
하고 말해 주는 사람들에게
꽃보다 향기로운 사랑으로
가슴속에서 피어나도록 더 많이 사랑하겠습니다.

인생은

인생을 가득 채우는 일이 돈이 아니더라.

하루를 열심히 살고 흘린 땀방울
잠시 쉬면서 향 짙은 커피 한 잔 속
햇살을 받으며 고개 든 내 모습

재미있게 보낼 수 있는 하루의 목표
많이 웃고
많이 사랑하고
많이 겸손하고
인생의 목표를 달성하는 길이더라

막걸리 한 잔에 목을 축이고
김치 한 조각에도 행복을 느끼는 저녁

우리 인생은
그다지 조급하지 않고
가득 채우지 않고
조금 비우는 것이 행복이더라.

수놓은 시

한 톨 한 톨 지어진 밥처럼
그릇에 담을 때마다 배부른
시어들이 내 가슴에 안기는 저녁

내 손가락은 바쁘게 움직이고
점선으로 그었던 형체들
아름다운 시 한 편을 수놓았다.

첫사랑

파란 겨울 보리밭 사이로
너는 아픔을 담고
내게 다가왔었지

겨우내 비바람 겪으며
파란 숨소리 내고
오월 가득 황토빛 안고서
내게 다가와 희망이 되었는데

하늘은 쉼 없이 꿈틀거리고
들판 언저리 수많은 풀들 사이로
따갑게 느껴지던 보릿대를 보며
속살마저 익어갈 때쯤
네 그림자는 살포시
내 그림자를 안았었지

햇살 한 자락 따뜻한 가슴 안고
부끄러워 어쩔 줄 모르며
내 안에 가득했던 사랑의 세포
몽글몽글 하늘 위로 피어올랐었지

두근두근 설렘에
주체할 수 없는 나를 보며
너는 나에게
하얀 미소로
맑고 고운 햇살처럼 사랑을 담아주었지

구름 속에서 본 미소

잔디가 파릇파릇 얼굴을 내민 리버힐cc
나비가 나풀나풀 그 위에서 춤을 추고
환갑이 된 둘째 언니는 뒤따라
골프채를 든 채 춤사위를 펼친다.

삶의 번뇌를 벗고 싶어 따라나선 넷째
살짝궁 설레는 마음 때문에
어둠을 밀치고 달려온 새벽에게 인사 건네고
필드 위로 올라가 힘찬 기운을 느낀다.

훨훨 하늘나라 가버린 남편
밤새 내린 이슬 속에 보고픔이 맺히고
힘겨운 머릿속 싸움 견디며 웃고 싶은 셋째 언니
말 없는 동생의 코믹에 웃음소리가 쨍쨍하다.

봄바람 따라 아내와 같이하고픈 마음으로
하얗게 지샌 밤 졸음의 유혹도 벗어버리고
골프채를 든 남편
두 번째 라운딩에 기대 가득하다.

필드 위엔 봄바람 불어오고

즐거운 목소리들이 하늘까지 닿아

홀로 둔 아내 곁을 떠나지 못한

형부의 미소를 구름 속에서 만났다.

떠난 시어들 속에

시어들이 허공에서
반란을 일으키고 있네.

일 년이란 긴 시간 속에
찾아주지 않았다고
원망의 소리를 내며
나에게 잡히지 않으려고
훨훨 날아다니며 나를 보며 비웃네.

새해 무대 위에 올려 질 시어를 찾느라
몇 시간째 컴퓨터 앞에서
잡았다가 다시 놓치고를 반복

시어들은 까맣게 잊고 살아온 나를 채찍질하느라
나를 혼내려고 이리저리 내 머릿속을
헤집고 다니고 있네.

늦은 밤 빗소리 속에 숨어서
나를 보고 외치는 소리들

'마음의 보석은 잊지 않는 것'

가을 속 방랑자

마음 전부를 빼앗아 가는 가을 속
이토록 슬프도록 아픈 건
아직 서늘하게 남겨진 그리움 때문입니다.

잊은 듯 살아온 세월 속에
눈 한가운데 자리 잡고 있던
보고픔의 눈동자는 어느덧
눈물의 강이 되어 하염없이 흐르고

살갗마다 닿을 듯
느끼고 싶은 숨결이
가슴 스치는 바람 따라
방랑자처럼 정처 없이 떠나갑니다.

산업전사들이여!!!

바람 따라 석탄의 향기가 코끝을 스치고
광차 따라 올라오는 탄을 고르는 선탄부 사람들의
손놀림은 바쁘다
검은 옷 어깨가 늘어진 옷차림의 산업전사
빛나는 해더랜턴을 이마에 달고
밖을 나올 때면 감사한 눈빛이 더욱 빛났다
태양이 떠오른 것처럼 희망의 빛을 안고
도계를 지키는 자랑스러운 우리의 수호신들
계절이 변해도 변하지 않는 갱도 속 희망의 빛이여
힘을 내자 더 밝아질 탄광으로.

동자꽃

태백산 만항재 야생화 길을 따라
소담한 들꽃을 바라보며
이름 모를 꽃들 속에 동자꽃 이 내 시선을 멈추게 한다.

꽃잎 속에서 어색한 웃음을 지으려고 애쓰는데
금방이라도 쏟아질 것 같은 내 눈물이
동자꽃 전설 속에 스며들고

어린 동자가 눈 내리는 겨울
애타게 스님을 기다리는 모습이
눈앞에서 아른거린다.

긴 겨울 암자에서 얼마나 춥고
긴 겨울 암자에서 얼마나 무서웠을까?

어미의 마음으로 동자꽃을 바라보고
그 작은 꽃잎에 입맞춤을 해본다.

감자꽃

맑고 푸르름이 가득한 언덕에
작고 귀여운 감자꽃이 피었네.

하얀 꽃잎이 조그맣고 순수하게
땅 위를 덮으며 환하게 빛나고

작고 소박한 듯 아름다운 감자꽃
견고한 땅줄기에 마음을 담고

눈을 감으면 향기로운 감자꽃 냄새
사랑스런 모습이 어렴풋이 떠올라

봄날이 내리는 따사로운 햇살이
예쁨을 더해 주네

언제나 자식을 품은 엄마 같은 꽃
너의 노랫소리 속에 자란
아이들은 영원한 감사함이 피어나네.

소 마구간과 부엌

– 임선녀 씨를 생각하며

살아생전 내 땅 한 마지기 갖지 못한
삶을 원망하지 않는다.
첩첩산중 홀로 외로운 산속에
덩그렇게 서 있는 집 한 채
소 다섯 마리와 강아지 한 마리
아직은 떠날 나이가 아닌데 무엇이 바쁜지.
하나뿐인 인연 산속에 남겨두고 떠나간 남편

폐암으로 인한 거친 숨소리 사라진 후
남의 집으로 팔려 간 누렁소 두 마리
부엌에서 소죽을 쓰면
등 뒤에서 쿵쿵거리며 빨리 여물을 달라고
한시라도 가만있지 않고 침 흘리던 누렁이
모두가 떠난 집엔 적막감이 흐르고
귓가에 맴도는 남편의 목소리와
누렁이 이야기를 듣고 싶어
마구간 중앙에 돗자리를 펴고 누워 그리움에 젖어 든다.
마구간과 부엌이 정답게 붙어 수십 년 살아온 세월
잡나무 산에 가서 뚝뚝 꺾어 불을 지피며

소여물 주던 눈 큰 남편이 보고파
앞산을 바라보며 죽도록 이름을 불러 본다.
그 이름 석 자 메아리 되어 돌아온 내 귀에서
다정한 목소리 나의 눈물을 닦아준다.

가을에 깔깔 웃었다

노란 은행잎 주워
책갈피 속에 넣어보니
어린 시절 추억들이 새록새록
어깨를 들썩이게 한다.

어린아이 손가락 같은 단풍잎
삐악거리는 울음소리가 들리는 듯한 은행잎
벤치에 떨어진 낙엽들을 보며
단풍 탑 쌓던 그 시절

그리움에
가을 길을 혼자 걷다 보니
가슴이 먹먹해진다.

너와 이 가을을 노래하며
지나버린 학창 시절의
그 가을바람을 느껴보고 싶다.

새들의 곡소리

마스크 속에 갇혀서 살아가는 우리

새들은 모두 저들만의 소리로
아름다운 세상을 노래하고
파란 하늘은 세상의 무대에서
날것들의 우아한 몸놀림을 연출하고 있다.

답답한 마스크
온몸으로 쇠사슬 묶어 놓고
소상공인의 한숨 소리 퍼져 들리는데
외면하고 또 외면하고

죽음에 이른 한 젊은 영혼
작은 원룸 방세 빼서 건네준 직원 월급

꿈꾸던 세상이 아니고
목숨을 막아버린 현실에
가엾게 떠나야만 했던 영혼 앞에서
새들은 저들만의 아픔으로
쉼 없이 곡을 하고 있다.

도계 까막 동네

도계 석탄갱 아래쪽 저탄장에서
바람에 날려온 탄가루가 마을을 뒤덮었다
처마 밑에 쌓이고, 부뚜막에 쌓이고, 빨랫줄 위에 쌓이고
그 보석들 밤새 맨손으로 모아 찍어낸 연탄 한 장

검은 분장을 하고 무대로 올라온 듯
낡은 나무대문으로 들어선 아들
엄마는 긴 한숨을 내어 쉬며
반갑고 아픈 맘 삼키고
연탄불 위에 돼지고기를 굽는다.

바람마저 지독히 검은 까막 동네
시끌벅적한 그곳 골목 안
힘에 겨운 인생 달래고자
막걸리 한 잔 마시며 웃고
집집마다 아이들 재잘거리는 소리는 벽을 타고
옆집 아랫목으로 이사를 한다.

힘든 삶 노래하며 이겨낸 인심 좋은 이웃들
검은 보석 꽃은 어두운 밤빛을 내며
삶의 버팀목이 되었는데
까막 동네 남겨두고 떠난 검은 몸짓들
그때를 못 잊는 듯
마을 벽화마저 틸틸거리며 막걸리 한 잔에 취해 있다.

2부

풀잎 편지

풀잎이 나에게 편지를 썼다.
우표도 없이
내 손에 살포시 날아와
오늘은 자기만을 보고
웃으라 한다.

너를 만난다

바람이 기다리는 언덕에서
너를 본다.
내 곁에 영원히 있겠다는 말을 남긴 채
파도에 휩쓸려 사라진 너의 영혼
그리움이 겹겹이 쌓여
소주병 속 알코올로 너를 내 곁에 머물게 한다.
바람처럼 날아와 입김처럼 뿌려놓는 온기와 사랑
물빛이 바다를 감싼다.
수풀마다 채색된 그곳에서
심장에 피가 마를 때까지 울부짖다가
영혼 깊숙이 가늘게 뛰는 숨소리에
하늘 문이 열리는 긴 터널을 아직 건너지 못한
외로운 너를 만난다.

내 마음속 빈 잔

언제나 비어 있기만 하던 내 잔은
절망의 늪에 빠져 허우적거리다
돌아와 보니 또 빈 잔이 되었네.
그 속엔 그리움도 있었고
뽀오얀 사랑도 채워져 있었고
두 눈망울 글썽이던 슬픔도 채워져 있었는데
가끔은 허공 속에 별빛도 모아 두었고
날개 잃은 텃새의 절망한 모습도 있었고
하얀 삶에 누군가가 쉴 공간들도 만들었지
고즈넉한 하늘 아래
달을 보며 내 한숨을 토해내고
먼 훗날 다시 보며 힘이 되리라
부푼 희망 고이고이 채워 놓았었고
내 젊은 날 활기 가득했던 청춘도
삶의 음영이 묻은 향기도
차곡차곡 소중하게 채웠었지
이젠 빈 잔에 욕심 채우지 않으려네.
빛 고운 사랑도 가슴 아프게 다가오고
잔잔히 불던 바람도

살갗 따갑게 느껴지는 순간이었기에

내 남겨놓은 빈 잔에

소박한 감꽃 향기 가득 담아두려 하네.

들풀

외롭지 않아
비바람 몰아쳐도
나를 지켜주는 산천이 있어

외롭지 않아
돌이끼 가득한 창문 없는 집이
내 여린 줄기를 보며 방긋 웃지

외롭지 않아
쓸쓸히 하늘을 볼 때면
지나가는 텃새 손 흔들며 인사하지

외롭지 않아
비에 젖은 채 속삭이는
친구들의 재잘거림이 있지

외롭지 않아
하늘을 보며
웃음을 연습하는 내가 있지

외롭지 않아

지나가는 바람의 무리들이 멈추어서

나를 위해 가냘픈 목소리로 노래를 불러주어

아무것도 계획하지 않는 하루

더 나은 삶이 무엇일까?
피로에 젖은 눈동자 붉게 물든 노을인 양
가슴에 서걱거리는 바람으로 살아난다.
하루 일정이 가득한 수첩의 행간을 따라
내 몸은 기계처럼 움직인다.

무엇이든 완벽을 향해 애쓰는 삶
온전히 아무런 계획 없이 보내기로 한 하루
편안한 잠옷을 입고
공기처럼 가볍게 마음이 집안을 날아다닌다.

한겨울 베란다 속으로 소풍 온 햇살
가끔 찾아오는 욕심도 날려버리고
나 자신에게 손을 내밀고 찾은 여유
그 속에서 나는 쉼을 한다.

장마

하염없이 내린 빗줄기
강물이 넘치고
운하도 토사와 동일체로 흐른다.

빗물이 내려 마음이 젖을 때
꽃이 피어나 유리 반상은 물을 적시고

출렁이던 파도 멈출 수 없어
그림 같은 집을 덮치는 저녁
구불구불 몇 마리 물고기가 태풍에 휩싸인 채
거리에 내 패대기쳐지며 아파한다.

구름이 사라질 때면
태풍이 핥퀴고 간 그 자리에
쓰러진 물고기는 눈물만 흘린다.

젖은 육신은 슬프기만 하다.

중년

박상민의 '중년'을 들을 때면
나의 뺨에 이슬들이 맺혀 흘러내린다.

달빛 언저리 금방이라도 터질 것 같은 눈빛 속에
푸른 꿈 싣고 달려온 내 살아온 시간 속

즐거운 함박웃음이 가득하던 곳
모두 제각기 바쁜 길을 떠나고
현관문 열 때 몰려오는 쓸쓸함

어디에선가 시간을 초월한 마음이 있다면
한 마리 새가 되어 날아갈 텐데.

희망이 묻어 있는 작은 간이역이라도
잠시 정차하여
흩어진 내 감정을 한 바구니 담아
삶이 향기를 찾을 텐데

외롭지 않게

허무하지 않게

애달프지 않게

중년의 시간을 부드러운 미소로 남겨보려네

슬픔 하나

내 맘속 몰래 박혀
자라 온 슬픔 하나

오랜 세월
때론 슬픔의 바다를 만들어 풍덩 빠져 헤엄치고

산속 아무도 없는 곳에 혼자
외로움에 떨게 했던 슬픔 하나

누구의 말로도 위로가 되지 않은 아픔을
이젠 보내렵니다.

내가 다른 사람들의
마음에 깊이 들어갈 수 없듯
그대 역시 내 마음속 깊이
들어오지 못했을 것입니다.

멀찌기 바라보는
이별의 슬픔을
용서라는 단어로
답답한 한숨은 이제
사랑이란 이름으로 부수렵니다.

슬픔은 하나의 작은 돌덩이
그 자리에 아름다운 꽃씨를 뿌리렵니다.

오십천 코스모스

오십천 흐르는 생명을 이어받아
가을빛을 물들인 코스모스
조선시대 여린 여인네의
젖비린내 나는 몸매를 보려고
많은 인파들은 긴 머리를 풀었네.
한들한들 술집 기생들의 웃음처럼
수줍음을 지을 때면
비켜보는 사람들의 환호
삼척을 파도 웃음 짓게 하네.
간간이 불어오는
가을의 향수
옷자락을 붙잡고 놓을 수 없게
발길을 멈추게 하고
오십천 둥지의 코스모스
이 시대의 아름다운 요정이네.

자유를 외치는 내 삶

드넓은 가을빛 하늘 밑에서
난 나를 찾으려 하네.
발을 내디뎌
마음을 흔들어 보기도 하고
빈 들녘에 바람처럼 지나가는
인생에게 질문을 던져 보기도 하네.
이제까지 내 삶에서
소복이 쌓인 것은 무엇이냐고
소리 없이 웃는 시간
소문 없이 울어버린 시간
쉼 없이 지난 세월 속에
난 늘 쓸어졌다 다시 일어나 툴툴 털어버리고
아무도 이야기해 주지 않은 인생의 여정
아침 햇살과 함께 희망을 찾고
과거의 슬픔에 목메어
진정 자유를 느끼고 싶었던 내 시간 속에
이젠 지난 힘들었던 순간들을 훌훌 날려버리고
자유를 소리치며 쓰러지지 않도록
커다란 날개를 펴고 하늘을 날아보려네

노을빛

한 그루 나무에 걸터앉은 노을빛

그 빛 속에

신기루처럼 변하는 나뭇잎을 보며

아름다운 풍경들이

눈 속으로 들어오고

황혼길 위에 걸어가는 삶들

지루한 어깨 위에 펼쳐진 번뇌

노을을 바라보며 진한 삶의 향기를 느껴본다.

지상과 천상의 길을 이어 가는 듯

붉게 빛나는 노을

흘러가는 시간

잡고 싶은 마음 간절하다.

잡고 싶은 세월

'억울해서 못 가요. 서러워서 못 가요'

한 백 년 노래 가사가 교실 가득 흘러나오고
눈시울이 붉어지며 어느덧 눈물이 맺히는 노인의 눈동자

가시밭길 속에서 가시 꽃이 필 때 어여삐 웃고
알아주지 않는 세월 앞에 하소연하며
붙잡고 같이 가자는 세월이 원망스럽기만 한 표정들

세월과 함께 가기 싫은 걸음을 하고
주름진 이마 위로 어려웠던 삶이 그대로

그 속에 울고 있는 마음은
돌아올 줄 모르는 영혼을 잡으려 허공에 손을 내민다.

간절한 그리움

"야아. 내 나이가 몇인데……"

팔십이 훌쩍 넘으신 엄마는
혼자서 열차 타고 딸네 집 오라는
소리에 나이 탓을 한다.

그리운 딸 보고 싶을 때
호박이랑 가지, 고추, 감자 한 보자기 싸서
머리 위에 고향 향기 한가득 담아 오실 때면
풀 냄새도 뒤이어 따라오고
우리 집 된장 냄새도 뒤이어 따라왔다.

보고픈 사랑 너무 간절해
눈멀고 귀 멀어도
열차 속에 몸을 싣고
딸 찾아 나선 엄마 앞에

한들거리는 웃음으로 손 흔들며 반기는
한 송이 꽃 같은 딸의 모습을 보며
그 시간이 영원하길 바라는 마음으로
한없이 쳐다본다.

해바라기 일기

가슴에 처연한 슬픔을 안고
하늘을 향해 키 재기를 했지
어린잎이 돋을 때
느닷없이 나타난 코로나
아무도 자기의 모습을 보지 못한 채
혼자서 잎을 만들고 외로움 속
별빛 속에 그려 놓은 아픈 사연들
이글거리는 여름 태양 품 안에
활짝 핀 노란 자태를 그려 놓았지
오직 태양만을 짝사랑하며 선 그 자리
허리를 곧게 펴고 머리를 빳빳이 든 채 선 산자락
코로나가 발을 묶어버린 관광객
노란 물감으로 백만 송이 해바라기는
이 여름 다 가기 전 말하고 있지

초대장에 발자국 남겨주기를

밤바다가 별빛을 품으며

어둠이 무겁게 깔린 깊은 밤
바다는 별빛을 품고
깊은 상념을 마음속에 담아
지친 하루를 마감한다.
터벅터벅 걸어온 하루
나만큼이나 지친 아기 새 한 마리
울부짖으며 시간을 원망한다.
바다는 애타는 사연들을 품은 채
뜨겁도록 포옹하고
물결마다 엉켜진 아픔들
서로의 목덜미 어루만지며
시련의 몸짓 속에 사랑을 불어 넣어
세찬 파도를 일으킨다.
낡은 사다리 의지하고
하늘만 바라보며 한 계단 한 계단 올라가던 영혼
눈시울 붉히며 슬픈 사연 토해내고
위로받으며 다시 꿈꾸는 세상 속
별빛은 깊은 바닷속에 내려앉아
희망에 꽃을 피운다.

외나무다리와 꽃잎 미소

혼자서 걷던 외나무다리
물 위에 찰랑이는 좁고 기다란
나무 위를 양손 벌려
조심조심 걸어간다.

누가 띄워 보낸 걸까?

유유히 흐르는 강물 위
꽃잎 몇 잎 둥둥 내 발밑으로 밀려와
물결과 함께 주위를 맴도는 순간

문득 그려지는 얼굴이 있어
다리를 축 늘인 채
흐르는 물속에 발을 담고

아직도 아련히 그려지는
아파 몸부림치는 기러기
삶을 지켜보며 걱정하는 그림자
어둠 깔린 길 위에서 불안한 듯 바라보는
한 사람의 슬픈 눈동자 강물 따라 일렁인다.

홀로 채우는 술잔

하루가 머릿속에 잠재워지는 시간
지친 일상이 나를 부여잡고
현관문을 여는 순간

적막감이 온몸을 휘감을 무렵
나를 반기는 냉장고 속 맥주 한 캔

힘든 하루를 하얀 포말로 날려 보내라고
냉장고 속에서 줄지어 대기하고 있다

내 앞에 홀로 채워지는 술잔
온몸으로 나를 타고 내 몸속을 여행하며
아련하게 그리던 옛사랑을 꺼내 멋지게 포장하고

한 잔 한 잔
잔 속에 숨어 있던
답답한 마음을 쓸어내리고 있다.

엄마의 휴가

바다를 향한 하얀 벽과 파란 지붕
태양 아래 해변으로 둘러싸인
삼척 대명 쏠비치

더위가 이글거리며 춤을 추는 여름
여든이 훌쩍 넘은 엄마가
비키니 수영복을 입었네.

난생처음 입어본 비키니
딸들 성화에 똥배를 가리며 쑥스러운 표정으로
고개 숙이며 가림막을 나오는 모습

환상적인 경치를 품고 있는 바다 전망을
온천 풀에 몸을 담그고
카바나에 누워 우아하게 바다를 지켜보며
천국을 맛보는 듯 주름 속에 숨은 미소들

여름을 즐기러 온 사람들 틈에
부끄러운 듯 수줍음을 감추며
빨간 고추밭의 그 뜨거움은 잊어버리시고
환하게 핀 박꽃처럼 행복감에 젖어
여름의 태양을 잠재우네.

자식은 산타였다

"눈 깜짝할 사이 아흔이 눈앞이구나."
어느 순간 깊어진 주름은
삶의 나이테를 드러내고
설익은 소리들 들리지 않아도
고개만 끄덕끄덕 그래도
인생에 영원한 슬픔은 없다
짧은 만남
누군가의 긴 이별 속
자식 사랑만으로 살아온 인생
꽃망울이 금세 피었다가 사라지고
찬 서리 내릴 때의 하루하루
'아픈 손가락이 있었을 텐데
그래서 많이 아팠을 텐데'
그래도 자식은 늘 산타였다
한세월 훌쩍 지난 빈자리마다
몽글몽글 안겨준 웃음
하얀 머릿결에 세월이 내려앉은 자리
수놓은 가족들의 이야기
꽃보다 아름다운 자식들

기쁨을 안겨주는 산타 속에서

썰매를 운전하는 어머니는 허리를 쭉 편다.

3부

수호신

마음에 심은 희망의 꽃
메말랐던 그 가슴속에서
뜨거운 열정이 솟아오른다.
꿈을 꾸며 사는 삶
꺾을 수 없는 인생의 수호신은
마음속에 있네.

가을 숲으로

누가 보낸 하얀 마음일까?
형형색색 눈부신 단풍 사이로
우표도 없이 바람 따라 찾아온
사랑 편지
읽어보지 않아도 마음이 설레네.

누가 보낸 가을빛 마음일까?
나의 망상을 깨고
떠나라고 재촉하며 보낸
낙엽의 입맞춤

일상을 벗어버리고
떠나보자
불타는 가슴을 안고
나를 부르는 가을 숲으로

잠시, 쉼

잠시, 쉼
장미 향을 가득 넣어 커피에 목을 축이고
오십천 가득 오월의 싱그러움을 바라보며
잠시 시간을 멈춘다.

붉게 변한 내 발바닥의 성난 모습을 보더니
잠시 쉼,
쉼표를 나에게 준 병실

내 귀엔 무선 이어폰에서 새어 나오는 시낭송과
'너무 슬픈 모녀 이야기'의 감동 실화가
눈시울을 뜨겁게 하더니
순간 눈물이 펑펑 쏟아져 내린다.

막연하게 살아온 삶에 대한 아쉬움
지독한 사랑으로 오월이면
못난 딸을 기다리는 어머니의 얼굴
인자함으로 늘 내 편이던 남편

무심히 살아온 삶에 사랑을 느끼지 못한 불구자
쉼 속에 밝혀지지 않았던 소소한 행복들
비장한 밤의 첼로를 켜서
내가 먼저 쉼이 되어 기다리는 시간을 만든다.

가을 주인

담쟁이 여린 가지 위로
빨간 옷을 입은 손님이 찾아온다기에
맨발로 대문을 열었네.

눈 안에 들어오는 화려한 치마
눈부신 햇살을 받으며
볼이 빨간 단풍이 사뿐사뿐
허리가 가느다란 꽃잎에
코스모스는 수줍은 듯
하얀 미소를 짓고 걸어오네.

순간 너무 아름다운 모습에 넋을 잃고
가을빛을 온몸으로 감싸 안은 채
영롱하게 익어가는
황금빛 속의 가을 주인이 되네.

연못 속 동화 이야기

오늘 처음 몸을 열고
수줍은 듯
주위를 둘러보는 연꽃

새 옷이 마음에 드는지
자줏빛 웃음 짓고
연못가
버드나무와 이야기를 나누네.

긴 머리 하염없이 풀어 헤치고
하얀 웃음 짓는
연꽃 자태에 가슴 설레는 버드나무

어둠이 세상에 내려올 때쯤
긴 머리는
연꽃을 감싸 안은 채
세상을 바라보고 있네.

봄 햇살 앞에 서 있네

집 앞 공터에 출근하는 나를 보며
배시시 웃고
작은 키로
땅에 닿는 인사를 하더니
갑자기 내 품 안으로 들어오는 봄

냇가마다
조용히 녹아내린 얼음들
나무마다 움틀 거리며
연둣빛 세상을 펼치려
새순을 틔우고 있네.

갑자기 몰아친 꽃샘추위
거친 바람 몰고 와
겨우내 잊혀진
꽃 이름 하나하나 알려주고
꽃이 필 때마다 반갑게 맞아 주라 속삭이네.

내가 좋아하는 봄꽃

잊혀진 시간 속에 꺼내어

가슴 설레며

불러보고 또 불러보고

그렇게 봄 햇살 앞에 벅찬 가슴으로 서 있네.

자연과 나

싱그러운 자연 속에 묻혀
하늘과 생명체가 숨 쉬는
그곳에서 나는
두 팔 벌려 대자연을 안아보려 하네

가슴이 후련하고
내 골수에 또 다른 생명수를 넣은 듯
자연의 사랑 앞에
잠시 무릎 꿇었네.

목말라 느끼던 갈증을
불어오는 바람을 통해 춤추며
산과 바람과 하늘은
하염없이 외치고 있다네.

풀꽃 없는 절벽에서
부끄러운 내 모습을 보며
끝없이 주기만 하여도
행복해하는 자연을 닮아보라고

꽃술

가만히 숨죽여 있던 한 촉의 난이
선홍빛 붉은 입술을 내밀고
열정을 내뿜으며 피어오른다.

쪼갠 돌 조각
심장이 터질 듯 기쁨으로
가느다란 몸매의 아름다움

겨우내 숨죽인 어둠 속에서 탄생한
꽃술은 말하고 있다.

아픔은 아픔대로 사랑하고
슬픔은 슬픔대로 사랑하며
꽃을 피우라고

두 개의 거울

거울이 두 개 생겼네.

살다 보니 나와 닮은 남편 거울
남편을 닮은 나
수줍고 말 없던 거울이
주저하지 않고 말을 건네고
즐겁다고 소탕하게 웃기도 하네.

다른 삶이 겪은 인생길
어두운 그림자 뒤를 따라다니며
무거운 삶 처진 어깨에
대답 없던 지난날

잠시나마 비춰보지 못한 거울이
젖어 드는 세월 속에 나와 같은 행동을 하고
그 삶을 응원해 주네

하늘 낯빛이 아름다운 가을
꾸밈없는 마음속에 나도 들어가
여백을 채우고 그의 어깨에 살포시 기대고 보니
두 개의 거울이 서로를 비추고 있네.

내가 겪은 장마 속에는

익어가는 빨간 고추들
볼에 통통하게 살이 붙은 깨
밭둑마다 온 밭을 지키는 옥수수

엄마의 놀이터엔 늘 그들이 있어
하루해가 지는 것도
두려워하지 않는
행복에 겹다

"세찬 비바람 거센 빗줄기 너희들 많이 힘들지?"
고추밭에서 우산을 쓰고 떨어지는 빗소리를 들으며
혼잣소리로 중얼거리시는 어머니

고추가 시들시들 '아프다' 아우성 거리고
세차게 할퀸 바람의 흔적에
검정깨는 쓰러져 누웠다

온 밭 지킴이던 옥수수

허리가 꺾이고

엄마의 행복한 놀이터가 한순간 아픔의 전쟁터로 바뀌
는 순간

자식을 어루만지듯 눈물은 빗물과 함께 가슴으로 내려
온다.

봄이어라

고운 물색으로 자리 잡은 산자락
따뜻한 공기 품고 온 꽃향기
꽃 줄 맨 하늘 밑에서
풀잎들이
하품을 하네.

처녀의 마음 설레게 하는
새하얀 봄빛
발그레 붉어지는 내 마음
날개 활짝 펴며 봄을 노래하네.

어머니의 된장

잘 익은 콩이 된장 속에 들어가 엄마의 손을 만나
항아리에서 시룩시룩 익어가더니
검으스레한 막장이 되어 그릇에 담겼다.
굵은 통나무 같은 부은 다리로
방앗간에서 메주를 갈아 오셔서
무슨 마음으로 된장을 담그셨을까?

매년마다 담그시던 된장독은 그대로인데
어머니의 빈자리가 느껴질 때마다
이 모양 저 모양으로 담겨 나오는 된장 속 향기
한겨울 설원도 함께하고
비바람 치는 태풍도 함께하고
가을빛 고운 단풍도 함께 나누며 살아온 세월
바람처럼 지나간 그곳에 구수하게 익어가는 된장
어머니는 그림자 되어 거기에 앉아 있다.

축복받은 삶

함박눈 펑펑 내려 쌓이던 작은 시골 마을
적막을 깨고 탄생의 울음보를 터뜨리며 태어난
여자아이를 바라보는 엄마의 얼굴엔 근심이 한가득

기다리던 사내아이가 아니라서
보자기에 돌돌 말아 차가운
윗목으로 옮기며 흘리던 엄마의 눈물

아버지 긴 한숨과 함께 품에 안긴 아이는
따스함이 없는 품이 슬펐으리라

세월이 흘러 자라면서
작은 일에도 포기하고 싶었던 시간들
원하지 않는 삶을 한계를 느끼며
방황하던 순간순간마다
엄마의 가시밭길 인생이 주마등처럼 지나가고

마음속 허물어지지 않을 든든한 집을 지으며
풍파 치는 역경 딛고 굳건하게 사는 모습 축대를 쌓아
외치고 또 외치며 그렇게 살았을 것을
그러나 결국 내 삶은
축복받은 삶이었다고 선언해도 당연한 것을

베트남 하롱베이

수천 개의 섬들이 바다에서
세계 경제 성장을 기원하며 기도하고 있네.

용이 앞장서서 머리를 하늘로 한 채
호치민 대통령이 독립운동을 이끌어냈던
힘찬 호령들이 파도도 잠재우고
식민지 생활에 억울한 한들을 풀며
베트남 전쟁의 아픔들이 민족에 대한 원망보다는
승리의 깃발을 들고 흔드는
넓은 포용감으로 미움마저 사랑을 잉태하고
모든 백성들 사랑하고 있네.

조국의 혈세를 아껴 일으킨 소박한 생활
하룻밤 나그네로 머문 호치민 작은 방에서는
나라를 키운 힘이 기를 뿜어 올리고

힘차게 성장하는 베트남
아시아에서 손꼽히게 도약 중인 개발도상국
세계를 향한 도전이
힘차게 우뚝 솟아오르며
민족성이 한없이 빛나고 있네.

파도의 유혹

잿빛 파도가 매혹적인 몸매를 자랑하며 나에게 안긴다.

고래 등에 안겨 놀다가
가끔 찾아드는 뱃사공의 노래를 즐기다가
자유로이 바닷 속 정원 물고기 떼
쇼도 싫증이 났는지
가쁜 숨소리를 내뱉으며 찾은 나의 품

거대한 몸부림의 반란들
결코 쓰러지지 않고 일어나려는 현란한 몸짓
나와 닮은 모습이기에
그는 나를 향해 밤새 하얀 거품 물며 찾아왔다

그늘진 복잡한 삶들을 부숴버리고
그 누구의 채찍질에도 아파하지 않게
파도는 내 손을 놓지 않고 평온 가득한
미지의 세계로 이끈다.

친구 이름만 부른다

어느 따사로운 가을빛이 노크하는 시간
문을 열어보니
노란 은행잎 손님처럼 찾아왔다.
반가운 손님 책갈피 속에 고이 넣어 두려니
학창 시절 추억들이 새록새록
어깨를 들썩이게 한다.
다섯 손가락 닮은 단풍잎 속에
깔깔거리며 칠해 놓은 오색 색깔들
그 속에
덜 익은 웃음과 우정들을 숨겨 놓았지.
수북한 단풍을 한 아름씩 껴안고
높은 이상의 탑 쌓으며
그려 놓은 미래의 꿈들
어디선가 갈바람 타고 날아온 그 시절
그 그리움
혼자서 옷깃 세워 걸으며
머릿속에 춤을 추고 있는
추억 따라가다 보니
길을 잃고 친구 이름만 부른다.

아버님

어둡고 그 먼 길 잘 가셨나요?
가시다가 숨차서 어찌 가셨나요?
아픈 다리 한 걸음 한 걸음 홀로 가는 그 길
너무 힘들어 어머니 이름 많이도 부르셨죠?
긴 터널 외로운 길 위에
밤마다 산새도 불러 아버님 가시는 길 동행해 달라 기
도하고
꿈결에도 보이지 않던 저승 계신 어머니
목 놓아 불러 대며
아버님 마중 나오라 기도했습니다.
어머님 만나셨는지요?
먼저 떠난 어머니 그리워
그토록 눈물 속에 사시던 아버님
어머님 누우셨던 침대 위에 떠난 여운 붙잡고
애절한 그리움으로 살아가시던 모습
부부의 사랑이 이런 건가 했습니다.
서글픈 아버님의 모습들을 방 이곳저곳에서 만나며
속 깊지 못한 철없는 말 한마디들이
내 뼈를 갉아 먹으며 슬픔을 낳았습니다.

바위보다 무거운 돌덩이 어깨 위에 얹고 사신 아버님
그곳에서 잘 사신다면
꿈속에서라도 얼굴 한 번 뵙게 해 주세요.

마약
- TV 속 소년 -

그 알 수 없는 변칙적인 모습
마약 유혹에 헤어나지 못한 소녀

하루하루 갈 길을 잃어버리고
수렁이에 빠져
몸을 떨며 찾는
유일한 위안은 마약

한번은 치열히 느껴본다.

공허함을 덮어주는 평온함
그 착각 속에 버려진 소년

끝없는 암울한 세상에 파묻히며
점점 사라져가는 어린 시절의 꿈
마약은 그를 더욱더 어둠 속으로 빨아들인다.

황금빛 그 침묵, 끔찍한 종말
어둠 속에 사라진 소년의 웃음이
TV 속에 흘러나올 때 우리는 가슴이 아프다.

4부

황혼

황혼 길을 걷다 보니
마른 풀에도 눈길이 간다.
얼굴엔 골 깊은 주름살
쓸쓸히 떨어지는 나뭇잎도 사랑스러워
마냥 지켜만 본다.
살아가는 것이 행복한 시간 속
세월 속에 무르익어 가는 인생의 향연
걷다가 뒤를 돌보니
밀쳐둔 거친 쉼표들이 따라오고 있다.
가슴에 퍼지는 진한 사랑의 향기
노을 걸린 나무등 위에 대롱대롱 매달려
아름답게 내 주변을 비추고 있다.

인생길

바람 한 컷에 실려 흘러가는 세월

붙잡으려다 놓치면

어느덧 마음보다 앞장서서 기다리는 인생

어디로 흘러가는 것조차 알리지 않은 채

세월의 간이역에서 잠깐 한숨을 몰아쉬며

아쉬움에 잠시 뒤돌아보는 하얀 목화꽃 같은 그곳

지나버린 세월 한 자락에 띄우며

아쉬움에 목이 메는 시간들

망각의 늪을 허우적거리다

다시 찾은 수많은 사유의 굴레

약속되지 않는 기다림의 길이

인생길인 것을

순간의 슬픔

내 안의 슬픔이
가슴 아릴 것 같아 나는
미리 울 준비를 하고 있다.

어머니는 입원실 작은 공간에서
유난한 딸이 보고 싶어
핸드폰을 들고 당신이
사라질 것 같은 순간을 얘기한다.

"바쁘냐?"
"별일 없지?"
"우리 딸 보고 싶어서 전화했다."
"아프지 말고 잘 지내"

어머니는 혼자만의 세상을 살며
끝내 병원 입원했다는 이야기를 하지 않지만
수화기 저쪽으로 사라진 목소리 속에서
가늘고 깊은 떨림을 전해 주고 있었다.

"엄마, 어디세요. 집이에요?"
"아니다. 조금 아파서 병원에 왔다."

아흔을 바라보는 엄마
세월이 두렵다는 엄마
갇힌 새장 밖 세상을 얼마나 날고 싶으셨을까?

운전대를 잡고 달리면서
엄마 앞에서 흘릴 눈물을
미리 쏟고 또 쏟으며 나는 각오하는 것이다.
병원에 도착하면 엄마가 희망을 잃지 않도록
햇살 같은 환한 미소를 보내리라고

어둠과 빛

새벽에 온몸을 뒤트는 진통
더듬더듬 119를 누르고
응급실 신세를 진 채
머릿속 까만 백지를 하고 병실에 누웠다.

하루 동안 침대 위에서
약에 의존하고 잠든 시간

창문 사이로 바람이 조용히 들어와 안부를 묻고
햇살도 빨리 나으라고
얼굴 빼꼼히 내밀고 인사를 한다.

진통제로 아픔은 서서히 사라지고
아무런 의욕 없는 하루
매달린 링거액에도 말을 건네본다.

온몸 쉴 새 없이 수액은 바쁘게 움직이더니
세포들은 다시금 활력소를 탄생시키고
하얀 머릿속에 하루를 그리기 시작한다.

백설

하얀 눈이 가지마다 앉았다.
밤새 가슴 뛰게 했던 사랑이
아름다운 나의 꽃이
세상에 내려앉아
나를 빤해 보고 있다

그는 오래 머물지 못할 사랑이어라

간이역

거울 앞에 섰다.

지금 서 있는 간이역에서
지나온 간이역들을 뒤돌아본다.
그 역에 두고 온 것들은 무엇인가?

삶의 기억 속에 잊어버리지 말아야 할 소중함
생의 종점까지 품고 가야 할 고마움

간이역에서 잠시 쉬며
빼꼭히 적어 내려간 메모지 속
붉게 밑줄 친 사연들이
그리움으로 가슴 적신다.

선한 눈빛과
따뜻한 마음 다정한 말투
두려운 죽음의 굴레를 헤맬 때
잊지 말고 꼭 안고 가길 바랄 뿐이다.

어디 둘까, 내 마음

하루 종일 하늘은 소낙비를 뿌리고
창밖엔 물방울 아우성치는 소리가
귓가를 맴돌게 하는 주말

다듬어지지 않는 추억들
빗속을 따라 그리움도 머물게 한다.

차곡차곡 쌓인 빛바랜 시절
마음속 깊이 간직한 사랑 몰려와
소리치는 빗방울과 함께
뚝뚝 가슴속으로 스며든다.

어디 두어야 할지, 보고 싶은 마음
우산 없이, 마냥 빗속에서 찾고 싶은 시간들

온 마음들 빗속에 드러내며
파문이 이는 대로 그곳에 가서
내 마음을 사뿐히 내려놓고 싶다.

세월아 천천히 좀 가자

아흔을 바라보는 어머니는
세월을 보며 고함을 친다.
젊을 땐
"세월아, 빨리 가라"
소리쳐도 느릿느릿
윗옷 사이 불룩해진 뱃속 아기에게
쌀 한 톨 먹일 게 없어
물 사발 벌컥거리며 마시던 그 옛날
허기진 배 채우려
검정스레 곰팡이 핀
메주 뜯어 먹으며
아이에게 미안해 눈물 흘리던 그때
세월은 마냥 느리기만 했다.
밤마다 자식들 굶기지 않으려고
바느질하던 그 시절
세월 빨리 가라 소리치며 지샌 밤
말 잘 듣는 세월은
홀쩍 아이들 다 키우고

세상 풍파 보상하듯 지극히 사랑스러운 자식들

어여쁨을 느끼며 살아가는데

세월은 내 앞을 아른거린다.

세월아

지금은 천천히 좀 가자

죽순처럼 자란 자식들의 웃음꽃

막내아들 잘 살 때까지 일 도와주며

아픈 손가락 웃고 엄마 품 안길 때까지만

천천히 좀 가자

삶의 나이테

베란다에 머문 겨울 햇살이
옷깃을 끌어 올리는 시간
작은 구름 한 자락
커피잔에 홀연히 앉은 오후
나는 혼자 화초를 바라보며
티테이블 의자에
엉덩이를 내리고 있다

하나
둘
셋
육신을 짓누르며 살아온 시간
세월의 선을 긋고 보니
훌쩍 쉰이 넘은 나이
깨닫지 못한 삶은 아직도 어린아이 같다
좀 더 시간이 흐른 세월의 뒤안길에서
감당하기에도 불어버린 굵은 나이테로
세월의 빛을 느끼고 싶다

광부는 웃는다

어김없이 인차는 달려
바다 밑 깊숙한 지하 세계를 향한다.
매일 같이 드나드는 그곳
광부는 긴 시간 인차 속에서 내일을 설계하고
좌절 속에 찾은 삶의 현장
마지막 정거장에서 불어오는 열풍으로 희망을 캔다.
갱도에서 채탄 작업을 하는 광부
폭발음과 동시에 쏟아지는 탄가루
분주한 손길들이 누군가에게 따뜻함을 선사할 생각에
광부는 웃는다.
이마에 쏟아지는 굵은 땀방울이 탄가루와 어울려
얼굴엔 검은 먹물로 수묵화를 그려 놓은 듯하다
시원한 바람과 석탄을 인차에 싣고
바람조차 드나들지 못하는 치열한 현장들
양은 도시락 하나 들고 아침에 떠나온 집을 생각한다.
가족들에게 건넬 사랑의 온도
그 희망 하나로
광부는 오늘도 웃는다.

머물고 싶은 하늘 아래
– 암 투병 중인 형부를 생각하며

팔자가 만든 길 따라 땀 흘러온 세월

어깨가 무거울 때마다

소주 한 잔, 담배 한 모금으로 인생 쓴맛을 지운다.

남자의 열정으로 퇴직하고 얻은 일자리

고된 삶 속에

힘겨운 세포들이 아우성을 친다.

갑자기 요동치는 몸의 변화

배를 움켜쥔 채 응급실로 향할 때

비로소 깨우친 어두운 그림자

죽음이 태풍처럼 몰려와 따갑게 채찍질하는 소리

갑자기 밀려오는 감정들

눈물이 난다.

병든 시부모 나 몰라라 할 수 없어

짐 보따리 싸서 시부모 모시고 살아온 아내

평생 같이 행복 꿈꾸며 살아온 금쪽같은 자식

병원 창문 너머 세상 밖 풍경만 봐도 눈물이 났다.

한 번도 눈여겨보지 못한 자연의 아름다움

그 속에 안길 생각 하면 섬뜩해서 가슴 더 아프다.

아내는 안다

얼마나 힘들었는지?

지친 영혼을 안고 가족 위에 부른

남편의 아름다운 노래들

아내는 야위어 가는 남편의 육신을 움켜 안는다.

굳어가는 혈관

사랑의 미풍에 녹아내려

남은 여생 빛 밝은 터널 벗어나 다시 걸으며

황혼 속으로 두 손 잡고 가자는 통곡의 소리는

병원 가득 채워지고

멈추지 않는 소야곡은 눈물을 자아낸다.

쌓인 책

진로 탐색과 생애 설계
글쓰기와 이해와 실제
청소년 개론
중학교 영어책, 과학책
책 위에 먼지가 하루하루 쌓여가는
노트북 옆에서 엄마한테 조르듯
나에게 끝없이 대화의 손을 내밀고 있다.

여름 방학 동안
백지 위에 푸른 초원을 그리던 내 머릿속
책과 외면하고 싶은 마음
펼치기 싫은 페이지들
서재는 어둠 속에서 불빛을 갈망하고
멋대로 편한 대로 보낸 짧은 시간
등지고 싶었던
책들 위에 손을 얹어 본다.

한 장 한 장 책장을 넘기고
잘 보이지 않는 내 앞에
돋보기는 눈이 되어 가고
그렇게 또 한 학기를 준비하며
쌓인 책들을 어루만져 본다.

꽃을 피운 나날들

하얀 마음에 꽃물이 들었다
세상을 세차게 뒤흔드는 폭풍우
가슴 속 심어놓은 작은 씨앗
피지 못하도록 연신 뿌려놓은 얼음조각

쉼 없이 흔들리는 뿌리
용암처럼 끓어오르는 집념들
사랑이 움켜잡고서 꽃을 피웠다

그로 인해 아름다운 나의 날은 오고 있다

시향

나의 고운 향기가
나를 안을 때
아침 햇살
살포시 얼굴 내밀며
한가득 시향을 뿌려주네

바람 술

한여름
함백산 산자락에 돗자리 깔고
벌러덩 누워 보니
나무 사이로
쉼 없이 지나가는 구름
내 인생은 저 구름 따라
오십 평생이 흘렀네.
가슴을 열고
서천을 안아보니
온 세상이 내 편이고
온 세상이 내 것인 것처럼
부러울 것 없는
삶과 함께
바람 술에 취해
인생의 노랫가락을 흥얼거리네.

중년의 가을

제 몸을 태우며 붉은 황혼의 마지막을 이야기하는
가을의 슬픈 사연
길게만 느껴졌던 시간 공백들을 채우고
초록빛의 꿈을 묻어야만 하는 수많은 사연
가을의 못다 이룬 꿈은 애절한 몸부림으로
잎새마다 흩어져 돌아오지 않는 기차에 올랐다.
중년에 찾아온 가을빛
새롭게 느껴지는 유수한 세월의 깊이
진한 삶에 향기가 온몸을 휘어 감고
붉은 노을이 강을 비추며
또 다른 가을 세계가 펼쳐진 시간 속에
가을은 또다시 떠날 준비를 끝낸다.

둘레 길을 걸으며

멀리서 보이는 바다 모습 가득
짙어진 녹음 속에 여름은 익어가고
숲속 호흡을 가다듬으며
둘레 길을 걷는 사람들은
삶의 이야기를 자유롭게 풀어간다.
자연의 향 코끝으로 맡으며
지난 저녁 온몸을 뒤척이게 했던
상념들을 정리하는 중

가만, 소나무 밑동에 숨어 있던
묵은 솔방울이 말을 꺼냈다.

'한 걸음 한 걸음 올라오는 그 위에
잡념들 토해내'

"그래"

등 아래 떨어지는 땀방울이 내 몸을 씻기듯

마음속 창을 열어

둘레 길에 수놓은 푸르름과

시원한 바람 가슴속에 품어야겠다.

파늣랑시 cc

추운 겨울옷을 벗어버리고
한 소쿠리에 담겼던 일곱 남매는
방콕 여행을 떠났다.

가슴까지 시원한 파늣랑시 cc
강아지가 푸른 잔디 위에 벌러덩 누워
스트레스를 얼마는 푸는지 지켜보고

티 박스 위로 드라이브를 힘껏 날리면
몸에 쌓였던 스트레스가 함께 날아간다.

유유히 흐르는 골프장 강물들은
그린을 향해 보내지 못한 공들을 날름 받아먹고

쳐다만 봐도 목이 아픈 고목 사이로
원숭이는 틈틈이 카트 속 먹을거리를 노리며
빤히 쳐다보다 도망가곤 한다.

군인들의 훈련 목소리
시원한 바람이 불 때 우렁차게
새로운 도전을 외친다.

가족들에게 생생한 추억을
선물한 파눗랑시 cc
세월 속에 좀 먹어가는 나이를 잊은 채

특별한 여행의 즐거웠던 순간들을 기억한다.

함박눈

함박눈이 금세 사르르

짧은 인생

모두에게 넉넉히 뿌려진 사랑

가슴에 와락 안긴다.

시평

한숨과 눈물로 범벅된
지난 인생사에 대한 회고록

운탄고도!!!

이름만 들어도 가슴이 먹먹하고 서늘해지는 단어다. 태양이 이글거리는 삼복에도 가을이나 다름없는 기후를 머금고 있는 태백준령의 한줄기인 그 어디쯤. 저마다 생의 애환을 가슴속 깊이 여미고 삶이라는 명제를 찾아서 이방인처럼 스며들었던, 채탄 광부들의 애환이 깃든 곳, 그리하여 그들에 의해 조성된 길 '운탄고도'.

강원도 태백시, 정선군, 영월군, 그리고 삼척시 도계읍. 탄광도시로 명명된 이 지역으로 시선을 돌려보면 많은 것들이 무채색이다. 오로지 검게 채색된 산천뿐인 탄광도시에 새로운 이름으로 등장한 도로가 하나 있는 바, '運炭高道'라 불린다. 광산에서 석탄을 채굴하여 그 석탄을 다른 도시로 운반하던 산간도로는 그야말로 하늘 아래의 길인 것이다.

강원도 이외로는 경북 문경시와 봉화군도 탄광도시로 명명돼 있지만 운탄고도의 계열에 합류할 수 있는 명분이 존재하는지는 의문일 터. 그러나 박군자 시인이 언급하는 운탄고도는 태백준령이 자리하는 태백산맥의 등허리를 지칭하는 것이라 언급해도 큰 오류를 머금은 것이 아닐 것이다.

박군자 시인의 시집 첫 페이지를 차지하고 있는 작품 「운탄고도」는 이 시집의 얼굴을 전체적으로 대변하고 있음이 명백하다. 작품집의 제목, 운탄고도와는 거리가 상거한 삼척시 도계읍에 거주해 온 박군자 시인은 필자가 알기로는 경북 봉화가 고향인 것으로 알고 있다. 한중대학교 대학원에서 복지행정학 박사학위를 졸업한 재원이기에 그야말로 삼척지역의 사회복지 제도에도 상당한 미래가치가 기대됨이 미루어 짐작 가능한 것이다. 누군가의 딸로, 아내로, 며느리로, 엄마로, 학원 원장으로, 늦깎이 대학원생에서 교수로, 이에 더하여 詩人으로서의 생활에 한 치 흐트러짐 없는 불가분의 역할을 담당하고 있는 박군자 시인을 바라볼 때면 여린 육신의 한계성을 염려할 때도 없잖은 것이다.

어렵고 힘겨운 시간을 견뎌내며 일인 다역을 다부지게 감당하고 있는 박군자 시인의 제2집 『운탄고도』의

발간을 축하하며 작품집『운탄고도』가 앞으로의 시력
에 커다란 족적으로 남게 되기를 기원하는 바이다.

운탄고도

운탄고도, 무연탄을 나르던 그 길
지금은 휴식하는 아버지의 품
바람 따라 떠도는 나그네 발걸음 위로하고
생명을 담보했던 탄광 사람들의
혼령이 머물고 있는 길

햇살이 노란 꽃을 비추고
오색의 단풍과
설경들이 한 폭의 그림처럼 수놓고
내 마음까지 따뜻하게 녹이며
산새들의 노랫소리가 살아 있는 길

운탄고도, 생명의 숨소리가 들리는 길
한 손에는 삶, 한 손에는 희망
광부들의 꿈을 지켜주던 길 위에 서서
힘든 순간을 털며 걷고 싶네.

차가운 도시의 번잡함을 떠나
자유롭게 희망을 펼치던 길
드넓게 열려진 하늘은
무한한 날개 짓을 꿈꾸게 하고

어디론가 향하던 나그네의 발걸음
운탄고도 위에서 삶의 무게를 풀며
한 걸음 한 걸음 내디딜 때마다
탄광촌 사람들의 깊은 숨결을 느끼는 길
차가운 도시의 번잡함을 떠나/자유롭게 희망을 펼
치던 길/드넓게 열려진 하늘은/무한한 날개짓을
꿈꾸게 하고

- 「운탄고도」 일부

도시의 번잡함이야 필자도 동의가 가능하다지만 도
시가 차갑다는 의미는 결국 도회지 주민들의 인간성의
대중치를 우선적으로 시사한 것임일 터, 그렇다고 하
여 그 길 위에 멈춰 섰을 때, 날개 짓을 꿈꾸게 하는 것
은 결국 시인의 상상과 정신의 여유로움에 기인한 의
미의 표현은 아닐는지?

국보 죽서루/ 이름만 들어도/가슴이 함께 하는 자

긍심/내가 있음이 자랑스런 곳

- 「죽서루에 서서」

약 900년이라는 저쪽 세월을 지켰던 고려 문인 김극기(1148~1209)의 문집에도 등장하는 「竹西樓」가 시인의 향리에 존재함이란 자랑거리이기도 할 터, 이에 더한다면 悠久한 역사의 지킴이며 古都 삼척의 역사를 대변하는 「竹西樓」는 모름지기 삼척지역 문화예술인들의 찬가의 대상이 됨은 당연할 터. 박군자 시인의 竹西樓는 번잡한 도시문화에 대적하는 상대적 사일런스가 심중에 기반한 표현은 아닐는지? 더하여서 부언함은 1963년도에 보물 제213호 지정됐던 竹西樓가 보물 지정 60여 년 만인 2023년 12월, 국보 제343호로 지정되었음은 삼척시민의 자긍심을 대변하는 자랑거리이기도 한 것이다.

장작 타는
아버지 냄새가 그리워
어릴 적 나의 초가집으로
발길을 옮겼네.

금방이라도 쓰러질 듯한 빈집에

홀로 외로이
하루해를 맞이하고 보내는 일을 반복하며
아버지를 기다리고 있네.

허리가 굽은 채
흙 속을 파고들며 기대고 서서
세월과 함께
나이 먹어가는 소나무 한 그루

가만히 마루에 앉아
눈을 감아보니
어머니의 송진 향과
아버지의 장작 냄새가 어우러져
사랑을 그리며
낡은 초가집을 지키고 있네.

– 「낡은 초가집」 전문

박군자 시인이 예전에 살던 낡은 초가집을 가슴에
담고 고향 봉화를 찾은 건 아버지와 어머니에 대한 그
리움 때문일 터. 이미 한참 전에 타계하신 아버지에 대
한 그리움을 과거사의 회억으로 돌이킴은 로컬리즘 이
전에 인간의 회귀성에 기인한 것이리라.

어린 시절 부모님과 형제자매들이 힘들면 힘든 대로, 즐거우면 즐거운 대로 함께 살았던 고향의 낡은 초가집이 아련한 향수로 가슴에 존재하고 있다 하여도, 그 집에서 생활했던 사람들이 그 집을 모두 떠나 지금은 인적을 모두 잃어 형언할 수 없는 쓸쓸함의 대명사가 되었지만 그때나 지금이나 변함없는 단 하나, 하루 해를 맞이하고 떠나보내는 일을 숙면인 양 반복하고 있음을 지켜보았다는 현장 증명을 남긴 것이기에 읽는 이로 하여금 가슴 뭉클함은 당연지사일 터.

마음 전부를 빼앗아 가는 가을 속
이토록 슬프도록 아픈 건
아직 서늘하게 남겨진 그리움 때문입니다.

잊은 듯 살아온 세월 속에
눈 한가운데 자리 잡고 있던
보고픔의 눈동자는 어느덧
눈물의 강이 되어 하염없이 흐르고

살갗마다 닿을 듯
느끼고 싶은 숨결이
가슴 스치는 바람 따라

방랑자처럼 정처 없이 떠나갑니다.

　　　　　　　　　　　　　　　 －「가을 속 방랑자」 전문

　시인들의 단골 소재인 가을은 결국 향수병의 근원일
터. 자칭타칭 시인이라 이름한 분들의 작품 면면에 가
을은 꼭 불쏘시개처럼 또는 양념처럼 작품 목록에 자
리하고 있음을 목격하게 되는바, 박군자 시인 역시 시
인의 범주에 이름 석 자를 등재했음을 보여준다.

　가을이라는 계절감을 가장 절실하게 느끼는 시인 박
군자의 깊은 내면이 보여지는 작품이라 하겠다. 드러
낼 수 없는 시인의 가슴속 그 무엇, 계절보다 앞서 드
러난, 가슴 한 켠을 차지하고 있는 공허함 또는 허망함
에 대한 보고서 한 줄. 구름 한 점 찾을 수 없는 거울
같은 명징함. 그 명징함에서 동반하는 공허함. 시인이
아니어도 아마 가을이면 시인이나 다름없는 감정에 휩
싸이는 이들을 우리는 주변에서 어렵잖게 만날 수 있
으리란 생각이다

　살아생전 내 땅 한 마지기 갖지 못한
　삶을 원망하지 않는다.
　첩첩산중 홀로 외로운 산속에

덩그렇게 서 있는 집 한 채
소 다섯 마리와 강아지 한 마리
아직은 떠날 나이가 아닌데 무엇이 바쁜지.
하나뿐인 인연 산속에 남겨두고 떠나간 남편

폐암으로 인한 거친 숨소리 사라진 후
남의 집으로 팔려간 누렁소 두 마리
부엌에서 소죽을 쓰면
등 뒤에서 킁킁거리며 빨리 여물을 달라고
한시라도 가만있지 않고 침 흘리던 누렁이
모두가 떠난 집엔 적막감이 흐르고
귓가에 맴도는 남편의 목소리와
누렁이 이야기를 듣고 싶어
마구간 중앙에 돗자리를 펴고 누워 그리움에 젖어
든다.
마구간과 부엌이 정답게 붙어 수십 년 살아온 세월
잡나무 산에 가서 뚝뚝 꺾어 불을 지피며
소여물 주던 눈 큰 남편이 보고파
앞산을 바라보며 죽도록 이름을 불러본다.
그 이름 석 자 메아리 되어 돌아온 내 귀에서
다정한 목소리 나의 눈물을 닦아준다.

─「소 마구간과 부엌」 전문

문학은 인문학적 가치를 넘어 시대를 반영하는 거울이며 시간을 기록하는 역사며 더하여서 과거를 회억하는 기억의 도구이다. 돌이켜 보노라면 우리는 그리 오래되지 않은 시간 저쪽에서 지금의 MZ 세대들이 상상할 수도 없는 너무나도 어려운 시절을 살아온 것을 부인할 수 없다.

　화전민촌을 본 적이 있는지? 필자는 나이가 나인인지라 화전민들의 삶을 목격한 적이 많다. 지금은 화전민들의 생의 터전이 문화재급으로 불리고 보전되기도 한다지만 현대화되기 이전의 대한민국 국민들의 삶은 누구라 할 것 없이 화전민에 가까웠다고 언급하고 싶은 것이다. 나라 경제가 현대화를 이룬 오늘날에야 상상도 할 수 없는 얘기지만 대한민국의 국민소득이 일만 불을 넘지 못하던 시절에는 소작농이라는 이름하에 가난을 운명처럼 달고 살았던 사람들이 우리네였다. 초근목피로 연명하던 시절에는 공급부족에 의한 소작농 자리마저도 흔하지 않아서 더러는 깊은 산골이나 첩첩산중으로 들어가서 그야말로 화전을 일구어 가솔을 이끈 우리네 부모님들이었다. 그런데 박군자 시인의 시선에 잡혀 있는 이 집의 살림살이는 황소가 5마리다. 화전민이라면 참으로 성공한 농부인데 결국 집

주인인 가장은 저승에서 또 화전을 일구러 떠나고 말았는데 아내는 평생 죽도록 고생만 하고 떠난 남편에 대한 그리움으로 여생을 지킨다.

이러한 것들이 사랑이다. 남편의 손때가 남아 있는 자리에 대한 지킴의 미학, 폐암으로 인한 거친 숨소리만 존재하는 기억의 편린들, 황소 눈망울만큼이나 순하던 남편의 눈망울, 부엌과 마구간이 동일 공간을 이루며 살던 화전민들의 주택구조는 세월의 뒤안길로 사라져 지금은 민속촌 등에서조차 조우할 수 없지만 운탄고도를 형성하고 있는 주변 어디쯤에는 세월의 무게만큼 짙어진 숙명의 현장들이 존재할 것이지만 우리네는 이미 과거사에 대한 지난함을 애써 잊고자 몸부림친 지 오래지 않을 것을 부인하지 못하는 것이다.

풀잎이 나에게 편지를 썼다.
우표도 없이
내 손에 살포시 날아와
오늘은 자기만을 보고
웃으라 한다.

－「풀잎 편지」 전문

아름다운 동화 또는 아름다운 영상 속 내레이션을

보고 들은 느낌이다. 마치 여류들의 전유물처럼 느껴지는 시어들을 나열한 행간에 시선을 두면서 필자의 생애 어느 시점에 저러한 감정들이 있었나를 돌아보게도 했다.

박군자 시인은 풀잎과의 관계를 대화의 상대로 바라보며 아름다운 상상을 유추하는 시어를 찾고 있었던 것이다.

오십천 흐르는 생명을 이어받아
가을빛을 물들인 코스모스
조선시대 여린 여인네의
젖비린내 나는 몸매를 보려고
많은 인파들은 긴 머리를 풀었네.
한들한들 술집 기생들의 웃음처럼
수줍음을 지을 때면
비켜보는 사람들의 환호
삼척을 파도 웃음 지게 하네.
간간이 불어오는
가을의 향수
옷자락을 붙잡고 놓을 수 없게
발길을 멈추게 하고

오십천 둥지의 코스모스
이 시대의 아름다운 요정이네.

- 「오십천 코스모스」 전문

　오십천은 삼척의 모천이다. 도계읍에 소재한 백병산을 발원지로 하는 오십천의 기나긴 여정을 수많은 시인, 소설가들이 노래하고 있는바, 앞으로도 오십천의 찬가는 멈추지 않을 것이란 생각이다. "조선시대 여린 여인네의/젖비린내 나는 몸매(생략)"는 오십천이 만들어내는 미인폭포의 장관을 시사함일 터, 특히 큰 비 내린 직후의 미인폭포는 매혹적인 여인네의 잘록한 허리를 연상하고도 남음이 있을 터, 오십천 상류에서 장관을 이루는 미인폭포는 이를 바라보는 이가 문인이든 아니든 그 절경에 감탄하지 않을 수 없을 터.

　"야아. 내 나이가 몇인데……"

　팔십이 훌쩍 넘으신 엄마는
　혼자서 열차 타고 딸네 집 오라는
　소리에 나이 탓을 한다.

　그리운 딸 보고 싶을 때

호박이랑 가지, 고추, 감자 한 보자기 싸서
머리 위에 고향 향기 한가득 담아 오실 때면
풀 냄새도 뒤이어 따라오고
우리 집 된장 냄새도 뒤이어 따라왔다.

보고픈 사랑 너무 간절해
눈멀고 귀 멀어도
열차 속에 몸을 싣고
딸 찾아 나선 엄마 앞에

한들거리는 웃음으로 손 흔들며 반기는
한 송이 꽃 같은 딸의 모습을 보며
그 시간이 영원하길 바라는 마음으로
한없이 쳐다본다.

─「간절한 그리움」 전문

　역시 어머님 이야기다. 특히 여류 문인들에게서 누
락되지 않고 종종 조우하게 되는 엄마 또는 어머니! 박
군자 시인 역시 이미 누군가의 엄마가 돼 있는 처지다.
시인에게 엄마라고 호칭하는 아들은 이미 성장하여 일
가를 이루고도 남을 나인데. 그렇듯 자식을 모두 성장
시킨 엄마가 되어서도 나를 낳은 엄마, 어머님은 영원

한 마음속의 고향일 터.

딸이 그리운 엄마인지? 아니면 엄마가 그리운 딸인지는 알 수 없지만 엄마에게 딸네 집 방문을 건의하자 대뜸 전화기를 통하여 전해진 첫마디에서 눈물이 날 것 같은 예감이다. 어머님의 나이를 불문하고 차멀미를 몹시 하시는 박군자 시인의 어머님은 수화기 저쪽에서 딸에 대한 그리움을 고통이 수반되는 멀미에 대한 걱정으로 바꿔서 보낸다.

낡은 사다리 의지하고/하늘만 바라보며 한 계단
한 계단 올라가던 영혼/눈시울 붉히며 슬픈 사연
토해내고/위로받으며 다시 꿈꾸는 세상 속/별빛은
깊은 바다 속에 내려앉아/희망에 꽃을 피운다.
― 「밤바다가 별빛을 품으며」 일부

가슴속 깊이에 꽁꽁 숨겨두었던 박군자 시인만의 고민이 해소된 것일까? 아니면 운탄고도에서 담아왔던 삶의 고행에 대한 소망사항의 토로인가? 결국 인간이 희구하는 절대가치를 위한 공간으로 스며들고자 기도하는 삶을 보게 되는 것이다. 어쩌면 박군자 시인의 작금의 삶의 위치를 시사한 것은 아닐는지? 박군자 시인이 소망하던 희망의 꽃이 오래오래 만개하기를 빌어

본다.

> 지나버린 세월 한 자락에 띄우며/아쉬움에 목이
> 메는 시간들/망각의 늪을 허우적거리다/다시 찾은
> 수많은 사유의 굴레/약속되지 않는 기다림의 길
> 이/인생길인 것을
>
> – 「인생길」 일부

　인간에게 있어 망각은 어쩌면 축복이 아닐는지? 인간은 생의 뒤안길을 돌아보는 습성을 소유한 유일한 생명체라고 들은 적이 있다. 그렇다면 누구이든 과거사에 집착하는 삶도 없지 않을 터, 해서 어제보다 나은 내일을 기대하며 오늘을 헤쳐 나가는 힘을 얻는 것이리라.

　박군자 시인은 약속되지 않은 기다림에 허우적거리다가 찾게 되는 수많은 생각들도 인생길의 한 방편으로 치부하고 있음을 보여준다. 인간은, 인생은 그러한 기다림의 시간 속에서 행불행의 수확을 얻게 되는바, 그것이 곧 우리의 인생길이라고 정의함에 부인할 사람이 몇이나 될지?

　옛 성현들은 인생은 기다림이라고도 했는바, 박군자 시인 역시 시간과의 역사를 조각해 낸 결과물 또는 수

확물을 오늘날 향유하고 있음이라 확신한다면 필자의
오류가 얼마나 될지? 다만 박군자 시인의 삶이, 생의
과정이 대부분 긍정성에 기반한 것들이었기에 그 결과
물 또한 긍정적으로 실현된 것이리라. 박군자 시인의 앞
으로의 인생길에 보다 휘황찬란한 서광을 기대해 본다.

누가 보낸 하얀 마음일까?
형형색색 눈부신 단풍 사이로
우표도 없이 바람 따라 찾아온
사랑 편지
읽어보지 않아도 마음이 설레네.

누가 보낸 가을빛 마음일까?
나의 망상을 깨고
떠나라고 재촉하며 보낸
낙엽의 입맞춤

일상을 벗어버리고
떠나보자
불타는 가슴을 안고
나를 부르는 가을 숲으로

– 「가을 숲으로」 전문

가을 숲의 아름다움에 취해 있는 시인의 평화로운 한때가 엿보인다. 어떤 작가는 "너무나 짧은 봄"이라는 아주 오래전 소설에서 아리따운 미혼의 여선생이 부임해 온 첫날부터 자신만의 짝사랑에 황홀한 시간을 보내다가 끝내 말 한마디 건네보지 못하고 마음을 앓다가 여선생의 다른 학교로의 전근을 알게 되고 마음속에 자신만의 추억 하나를 다져 넣고는 세월을 보내기도 했다는데 박군자 시인은 바람결에 날려온 단풍 하나에 의미를 담아 치환되지 않는 행복감에 취해 있음을 보고 있다. 모르긴 해도 단풍잎 하나에 행복감을 느끼는 사람은 시인 작가만이 아닐 것이다. 다만 가을 숲에 정신을 맡기고 있는 박군자 시인의 저 순간의 외로움을 아는 이가 누구일까? 하는 생각은 앞으로 박군자 시인을 볼 때마다 회억 될 것은 필자만의 생각이리라.

　집 앞 공터에 출근하는 나를 보며
　배시시 웃고
　작은 키로
　땅에 닿는 인사를 하더니
　갑자기 내 품 안으로 들어오는 봄

냇가마다
조용히 녹아내린 얼음들
나무마다 움틀 거리며
연둣빛 세상을 펼치려
새순을 틔우고 있네.

갑자기 몰아친 꽃샘추위
거친 바람 몰고 와
겨우내 잊혀진
꽃 이름 하나하나 알려주고
꽃이 필 때마다 반갑게 맞아 주라 속삭이네.

내가 좋아하는 봄꽃
잊혀진 시간 속에 꺼내어
가슴 설레며
불러보고 또 불러보고
그렇게 봄 햇살 앞에 벅찬 가슴으로 서 있네.

– 「봄 햇살 앞에 서 있네」 전문

키 작은 야생화의 생명력을 시사하는 느낌으로 시
작하였으나 봄이라는 화사한 계절감을 풀어놓는 행간
의 표현은 아무에게나 허용된 능력이 아니리라. 봄은

누구에게나 친화의 상징이지만 아울러서 해방감의 바로미터이기도 한 것, 봄은 바람마저도 품속으로 스며드는 속도감이, 감각이 동일하지 않으리라. 박군자 시인의 계절이 가져다주는 해방감의 일부를 보고 있음이며,

　　제 몸을 태우며 붉은 황혼의 마지막을 이야기하는
　　가을의 슬픈 사연
　　길게만 느껴졌던 시간 공백들을 채우고
　　초록빛의 꿈을 묻어야만 하는 수많은 사연
　　가을의 못다 이룬 꿈은 애절한 몸부림으로
　　잎새마다 흩어져 돌아오지 않는 기차에 올랐다.
　　중년에 찾아온 가을빛
　　새롭게 느껴지는 유수한 세월의 깊이
　　진한 삶에 향기가 온몸을 휘어 감고
　　붉은 노을이 강을 비추며
　　또 다른 가을 세계가 펼쳐진 시간 속에
　　가을은 또다시 떠날 준비를 끝낸다.
　　　　　　　　　　　　　　　　－「중년의 가을」 전문

중년!
아무에게나 허용된 시간이 아니리라. 청년기를 지나

고 생의 연륜이 육신이나 정신세계에 어느 정도 깃들어 삶의 깊이를 나름대로 유추할 수 있는 때를 중년이라 일컬을 수 있다 할 것이다. 박군자 시인은 중년에 맞이한 가을을 사유하느라 분주한 시간을 보냈음을 토로하고 있다. 가을의 다음 계절은 겨울이다. 세상 만물들은 겨울을 준비하느라 앞선 세 계절을 분주하게 보낸다. 박군자 시인은 가을의 다음 계절을 어떻게 준비한 것인지 궁금하다. 지켜보건대 풍요한 겨울을 위해 중년을 맞이한 가을에도 박군자 시인은 평소처럼 아무도 몰래 분주를 떨고 있는 건 아닌지 의문부호를 붙여본다.

잘 익은 콩이 된장 속에 들어가 엄마의 손을 만나
항아리에서 시룩시룩 익어가더니
검으스레한 막장이 되어 그릇에 담겼다.
굵은 통나무 같은 부은 다리로
방앗간에서 메주를 갈아 오셔서
무슨 마음으로 된장을 담그셨을까?

매년마다 담그시던 된장독은 그대로인데
어머니의 빈자리가 느껴질 때마다
이 모양 저 모양으로 담겨 나오는 된장 속 향기

한겨울 설원도 함께하고
비바람 치는 태풍도 함께하고
가을빛 고운 단풍도 함께 나누며 살아온 세월
바람처럼 지나간 그곳에 구수하게 익어가는 된장
어머니는 그림자 되어 거기에 앉아 있다.

-「어머니의 된장」 전문

장독 속에서 세월과 더불어 익어가거나 숙성되고 있는 된장 또는 막장을 접할 때마다 모든 주부님들은 당신들의 어머니를 생각하고 회억할 것이리라. 박군자 시인 역시 누군가의 아내이며 어머니일 것인바, 어머님과 함께했던 세월 속에서 자연스럽게 가르침을 받고 배우고 익혔을 장 담그는 법, 박군자 시인은 자신이 장을 담그며 어머니를 회억하는 것이 아니라 장독 속의 된장이나 막장을 보면서 어머니를 회억하게 되는바. 어머니는 세상사의 중심이거나 또는 우리들 미래의 학습장이다. 우리들의 어머니는 누구를 막론하고 가족과 가정을 위해서 항아리를 준비하고 밑반찬이나 장류를 담그기를 주저하지 않는다. 어머니의 어머니에게서 세상 사는 이치를 깨치고 배우듯 우리들 또한 어머니에게서 세상 사는 이치를 배우고 깨우치는 것이다.

박군자 시인이 소유하고 있는 장독이 몇 개나 되는

지 또는 소유하고 있는 장독 속에 된장이나 막장이 얼마나 들어 있는지 알 길 없지만 그 장독 속의 된장이나 막장이 어머님이 담그신 장이 아니라도 된장이나 막장을 마주할 때마다 박군자 시인은 자기 생이 마감하는 순간까지 자신의 어머님을 떠올릴 것이라는 생각이 든다.

도계 석탄갱 아래쪽 저탄장에서
바람에 날려온 탄가루가 마을을 뒤덮었다
처마 밑에 쌓이고, 부뚜막에 쌓이고, 빨랫줄 위에
쌓이고
그 보석들 밤새 맨손으로 모아 찍어낸 연탄 한 장

검은 분장을 하고 무대로 올라온 듯
낡은 나무대문으로 들어선 아들
엄마는 긴 한숨을 내어 쉬며
반갑고 아픈 맘 삼키고
연탄불 위에 돼지고기를 굽는다.

바람마저 지독히 검은 까막 동네
시끌벅적한 그곳 골목 안
힘에 겨운 인생 달래고자

막걸리 한 잔 마시며 웃고
집집마다 아이들 재잘거리는 소리는 벽을 타고
옆집 아랫목으로 이사를 한다.

힘든 삶 노래하며 이겨낸 인심 좋은 이웃들
검은 보석 꽃은 어두운 밤빛을 내며
삶의 버팀목이 되었는데
까막 동네 남겨두고 떠난 검은 몸짓들
그때를 못 잊는 듯
마을 벽화마저 털털거리며 막걸리 한 잔에 취해
있다.

－「도계 까막 동네」 전문

박군자 시인의 삶이 영위되고 있는 곳이 탄광지로
소문난 도계인지라 로컬리티에 기인한 언급은 당연한
처사일 터. 흔히들 로컬리즘이 결여된 작품의 행간을
조우할 때면 작가의 문학적 자산에 대한 의문도 없지
않은 법, 박군자 시인이 작품집의 행간에 몇 번씩이나
도계를 소환한 것은 자신의 운명이 도계와 함께 동고
동락했던 지난 시간에 대한 자서전이나 다름없을 터,
"마을 벽화마저 털털거리며 막걸리 한 잔에 취해 있
다."

막걸리란 매사에 성공적인 마침을 시사하는 매개물일 때 결국 지난한 도계 생활을 툭툭 털어내며 마을 벽화에 박수를 보내고 있는, 또는 자신에게 갈채를 보내고 있는 박군자 시인 나름대로 성공을 의미함은 아닐는지? 필자도 그 갈채에 시선을 얹어 보는 것이다.

어둡고 그 먼 길 잘 가셨나요?
가시다가 숨차서 어찌 가셨나요?
아픈 다리 한 걸음 한 걸음 홀로 가는 그 길
너무 힘들어 어머니 이름 많이도 부르셨죠?
긴 터널 외로운 길 위에
밤마다 산새도 불러 아버님 가시는 길 동행해 달라
기도하고
꿈결에도 보이지 않던 저승 계신 어머니
목 놓아 불러 대며
아버님 마중 나오라 기도했습니다.
어머님 만나셨는지요?
먼저 떠난 어머니 그리워
그토록 눈물 속에 사시던 아버님
어머님 누우셨던 침대 위에 떠난 여운 붙잡고
애절한 그리움으로 살아가시던 모습
부부의 사랑이 이런 건가 했습니다.

서글픈 아버님의 모습들을 방 이곳저곳에서 만나며
속 깊지 못한 철없는 말 한마디들이
내 뼈를 깎아 먹으며 슬픔을 낳았습니다.
바위보다 무거운 돌덩이 어깨 위에 얹고 사신 아버님
그곳에서 잘 사신다면
꿈속에서라도 얼굴 한 번 뵙게 해 주세요.

— 「아버님」 전문

작품의 행간에 일찍이 상처하신 홀시아버지을 모시고 생활하면서 미운 정 고운 정 모두를 경험하고 체험한 박군자 시인의 평소 성품이 잘 드러나고 있다. 홀시아버지를 모신다는 게 여간 어려운 일이 아니라는 걸 사람들은 어렵잖게 얘기하지만 실제로 홀시아버지를 모시거나 겪어보지 않은 며느리들은 그 노고의 정도를 알지 못할 것이다. 박군자 시인은 삶의 연륜이 그렇게 많지 않은 이로 알고 있다. 편하게 언급해서 젊은 며느리 입장에서 홀시아버지를 모심에 얼마나 극진했는가를 유추하거나 상상할 수 있는 본 작품의 행간을 읽으면서 필자는 박군자 시인의 부군에 대해 천하에 제일 복 많은 사람이라는 생각이 들었다. 박군자 시인의 부군께서 그야말로 부인을 업어주고 쓰다듬어 주면서 치하해도 고마움에 대한 표현이 부족할 것이란 생각이 앞서 있음을 필자는 고백하고 싶은 것이다.

지역 문단에서 짧지 않은 시간을 함께 활동하며 필자가 지켜보아 온 박군자 시인은 효녀의 범주에서 비켜 갈 수 없는 사람이다.

박군자 시인의 두 번째 시집 『운탄고도』에 수록된 약 80편의 시 속에는 따뜻한 엄마로서, 카리스마 있는 교수로서, 효심 가득한 딸로서 세상을 보는 시적 표현들이 넘쳐 시에 향기가 가득했다.

운란고도

초판 1쇄 인쇄 2024년 05월 30일

초판 1쇄 발행 2024년 06월 07일

지은이 박군자

펴낸이 김양수

책임편집 이정은

교정교열 연유나

펴낸곳 도서출판 맑은샘

출판등록 제2012-000035

주소 경기도 고양시 일산서구 중앙로 1456 서현프라자 604호

전화 031) 906-5006

팩스 031) 906-5079

홈페이지 www.booksam.kr

블로그 http://blog.naver.com/okbook1234

페이스북 facebook.com/booksam.kr

이메일 okbook1234@naver.com

ISBN 979-11-5778-647-3 (03800)

맑은샘, 휴앤스토리 브랜드와 함께하는 출판사입니다.